LE GRAND SOMMEIL

ISBN 978-2-211-05624-3
Première édition dans la collection *lutin poche* : février 2000

Loi numéro 49 956 du 16 juillet 1949 sur les publications destinées à la jeunesse : mai 1998
Dépôt légal : juin 2020
Imprimé en France par Aubin Imprimeur à Ligugé

Yvan Pommaux

LE GRAND SOMMEIL

Une enquête de John Chatterton

les lutins de l'école des loisirs
11, rue de Sèvres, Paris 6e

Un mercredi du mois d'avril.
Neuf heures du matin.
Le détective John Chatterton sonne à la porte
de Madame et Monsieur Rosépine…

John Chatterton, détective !
Entrez, Monsieur Rosépine vous attend !

Ainsi c'est vous,
Chatterton,
le fameux détective…
En personne!
Bonjour Madame,
bonjour Monsieur!

Ma fille va bientôt avoir quinze ans.
Or, une mauvaise fée nous a prédit
qu'à cet âge, elle plongerait
dans le «Grand Sommeil» !
Tu t'inquiètes
pour rien, chéri !
Laisse-moi
terminer, chérie !
ENCYCLOPÉDIE

… elle plongerait dans le «Grand Sommeil», disais-je, après s'être piqué le doigt au fuseau d'un rouet.

Au fuseau d'un rouet ?

Plus personne n'utilise cet engin !

Les femmes s'en servaient autrefois pour filer la laine, non ?

Je ne sais même pas comment c'est fait !

Comme ça !

Voyez-vous,
Monsieur Chatterton,
ma fille est ce que j'ai
de plus cher au monde…

Je ne vois vraiment pas comment, ni où elle
pourrait trouver l'une de ces antiques machines,
mais je ne veux rien négliger.
Je vous demande donc de la suivre discrètement,
et de l'éloigner de tout ce qui ressemblerait,
de près ou de loin, à un rouet.

Comptez sur moi, Monsieur Rosépine,
je vais me poster dehors et la suivre.
Mais à mon avis il n'arrivera rien de fâcheux.

La voilà !

PISCINE
Tiens, tiens!
Mademoiselle Rosépine
a menti à ses parents…
Elle ne va pas à la piscine!

Une grenadine
s'il vous plaît !
Bien, Mademoiselle !

Pas grand-chose…
Elle vient tous les mercredis à la même heure,
s'asseoir à la même table.
Le garçon aussi. Ils ne se disent pas un mot.
Quand elle a bu sa grenadine, elle s'en va.

À bientôt, Roger !
Tu ne prends rien ?
Pas le temps !
afé
CAFÉ Grimm

Résumons-nous. Mademoiselle Rosépine ne va pas à la piscine. Elle préfère boire de la grenadine auprès d'un garçon qui, lui, boit de la menthe. À part ça, comme je l'avais prévu, rien à signaler : pourquoi irait-elle se piquer le doigt au fuseau d'un rouet ? Pourtant, ce fuseau, cette jeune fille menacée d'un long et profond sommeil, tout ceci me rappelle vaguement une affaire qui fut célèbre en son temps… Restons vigilant !

Autrefois
ANTIQUITÉS ~ BROCANTE
STOP ! Mademoiselle fait du shopping…

Attendons-là !

À VENDRE :
ROUET ANCIEN
ÉTAT NEUF
(affaire exceptionnelle)

BON SANG !

Où est la jeune fille qui vient d'entrer?
Calmez-vous, mon ami. Ce qui doit arriver arrivera. Qui s'y frotte s'y pique, et la jeune fille se piquera.

Prenez garde, mon ami. Le sommeil des jeunes gens est contagieux. Quand ils s'endorment, tout s'endort autour d'eux

MADEMOISELLE... NON !

OH!

Le «Grand Sommeil» !

Mais…
Que m'arrive-t-il ?

Ne reste pas là.
Tiens bon, Chatterton !

zzzzzz

zzzzzz
Autrefois
ANTIQUITÉS ~ BROCANTE
zzzzzz
zzzzzzz
Z
zzzzz
zzzzzzzz

8200 Km

ZZZZZZZ

zzzzzz
BONG!
8201 Km
DZIiiNG!

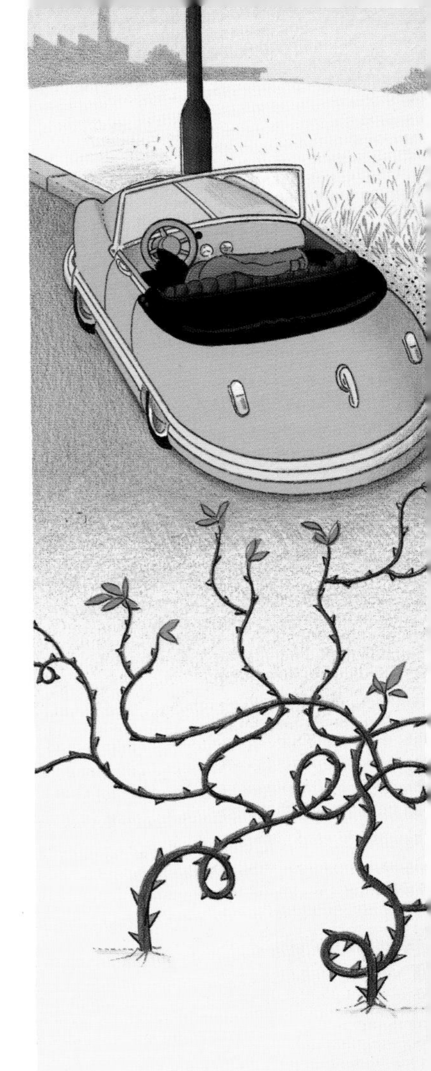

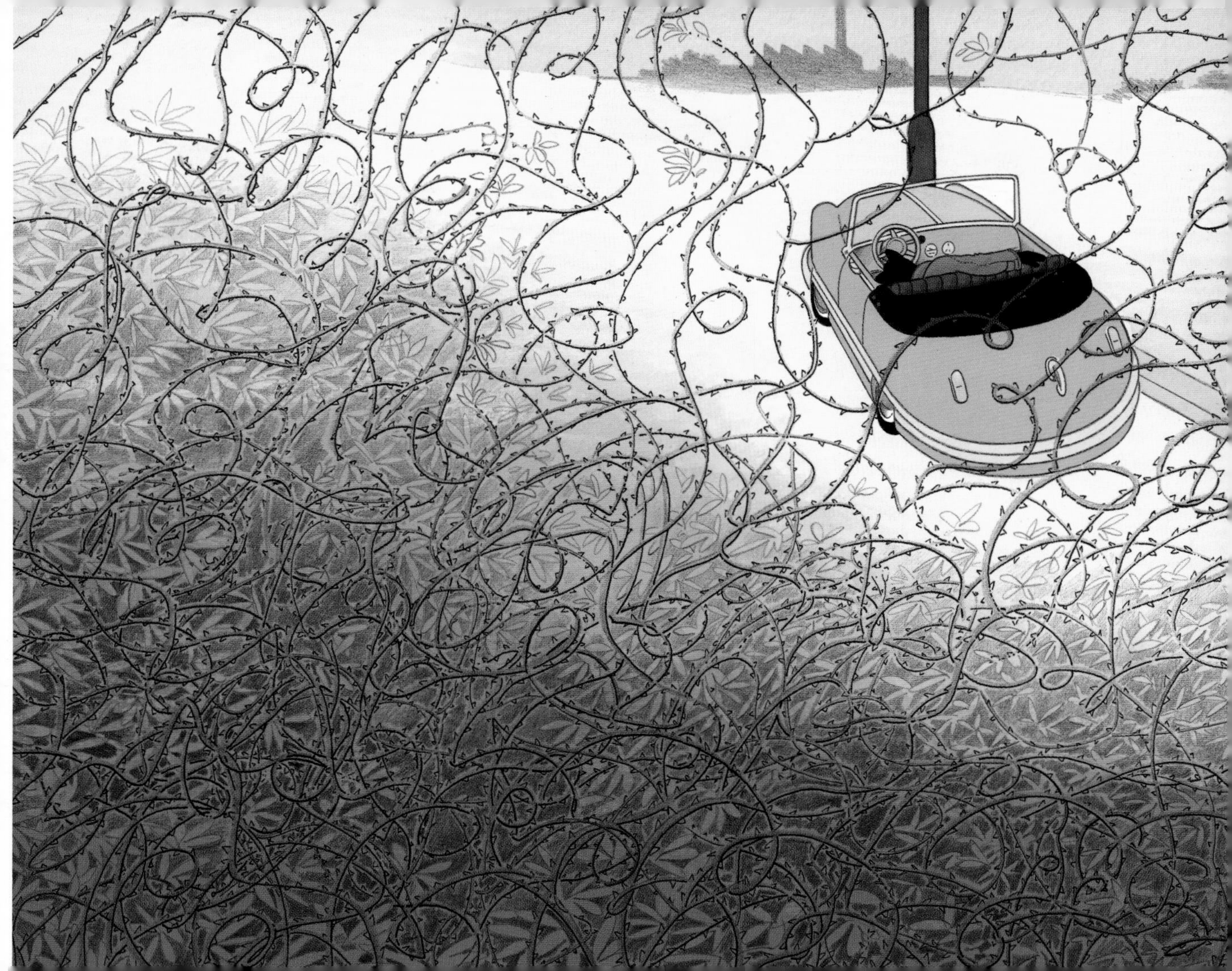

Où suis-je? J'ai l'impression
d'avoir dormi un siècle…
Tu as dormi longtemps, chat
Des jours et des jours…

Pendant que tu dormais, une légende a couru par ici : il paraît qu'une jeune fille, belle comme le jour, est plongée dans un grand sommeil derrière cette haie d'épines. De nombreux jeunes gens ont essayé de traverser la haie, mais aucun n'y est parvenu. Tu peux voir des lambeaux de leurs vêtements accrochés çà et là…

Bon, je ne m'ennuie pas avec vous, marabout, mais j'ai à faire! Au revoir!
CRRRRR
CRZOUIING
VRÔÔÔÔM

Au revoir, chat !
VRÔÔÔÔÔÔ

CHATTERTON
DETECTIVE
VLAM!

JOHN CHATTERTON
- DETECTIVE -
enquêtes - filatures

Mm… je vois… il n’y a pas trente-six solutions
au problème de Mademoiselle Rosépine :
seul un baiser de l’élu de son cœur la délivrera
du sommeil.

L’élu de son cœur,
je le connais !

L'ennui …

… c'est qu'il a l'air pas mal endormi, lui aussi !
Salut, John !
Salut, Roger !
VLAM!

… Dès que je la vis s'approcher du fuseau, je me précipitai, mais je ne pus l'empêcher de s'y piquer. Elle s'endormit sous mes yeux. Ma tête se mit alors à tourner. Je parvins malgré tout à m'arracher de ces lieux. Dans la rue, les gens s'évanouissaient, victimes du même sommeil que la belle. Je parcourus une faible distance en voiture, avant de m'endormir à mon tour. Combien de temps dura mon étourdissement ? Longtemps sans doute, car je constatai à mon réveil qu'une épaisse haie d'épines avait poussé derrière moi, enfermant notre endormie dans une enceinte impénétrable.

Rebonjour, marabout !
Rebonjour, chat !

Regardez, les épines s'écartent et se transforment en roses !
Cela arrive, parfois, dans la vie, chat !
C'est bien agréable !

Voilà déjà
quelques années
que j'ai mené cette enquête…
Nos deux amoureux vivent ensemble,
à présent, et sont heureux.

Je vous rassure :
tous les gens qui s'étaient endormis
dans un rayon d'un kilomètre
autour de Mademoiselle Rosépine
se sont réveillés
avec elle !